KB089747

손으로 기억하고 싶은 사랑이 있다

...
사랑 때문에
혼자이고 싶은 날
쓰고 그린 이야기
...

# 손으로 기억하고 싶은 사랑이 있다

조선진 글·그림

북라이프
booklife

**손으로 기억하고 싶은 사랑이 있다**

1판 1쇄 인쇄   2016년 10월 7일
1판 1쇄 발행   2016년 10월 15일

**지은이** | 조선진
**발행인** | 홍영태
**발행처** | 북라이프
**등 록** | 제313-2011-96호(2011년 3월 24일)
**주 소** | 03991 서울시 마포구 월드컵북로6길 3 이노베이스빌딩 7층
**전 화** | (02)338-9449
**팩 스** | (02)338-6543
**e-Mail** | bb@businessbooks.co.kr
**홈페이지** | http://www.businessbooks.co.kr
**블로그** | http://blog.naver.com/booklife1
**페이스북** | thebooklife
**ISBN**  979-11-85459-59-2   03810

나는 하루 종일
너의 마음을 여행 중.

**프롤로그**

어느 날, 이상한 일이 벌어졌다.

나를 중심으로 돌던 온 세상이
'당신' 을 중심으로 돌기 시작한다.

네가 웃으면 내가 기쁘고
너의 아픔이 나의 아픔처럼 느껴진다.
의미 없이 지나치던 모든 것들이
의미를 가지기 시작하고
그와 그녀의 한 마디, 한 단어에 별별 생각을 다 한다.
늘 이성적이던 어떤 사람은
세상에서 제일 감성적인 사람이 되어 있기도 한다.

6

그리고 어쩌면,
우리는 그런 자신의 모습이 낯설어
조금은 당황할지도 모른다.

그런데 그런 나의 낯선 모습을 들여다보게 하는 것 또한
'내'가 아니라 '사랑하는 존재'라니.
사랑을 한다는 것만큼 이상한 일은 없는 것 같다.

하지만
누군가의 웃는 모습에
내가 행복할 수 있다는 것,
길가에 핀 작은 꽃을 보고
생각나는 누군가가 있다는 것,
계절을 함께 맞이하고 싶은 사람이 생긴다는 것,

사랑한다고 말하고 싶은 사람이 있다는 것.
그건 정말 아름다운 일이라고 생각했다.

어디선가 오늘도
두근거리는 마음을 견딜 수 없어
뒤척이고 있을,
이 모든 이상하고 아름다운 일을 겪어내고 있는
사랑하고 사랑할 사람들에게
이 편지를 보낸다.


2016년 가을
조선진

**차례**

 **Part 2**

# 우리

: 서로에게 물들어가다

**Part 3** 다시 나, 그리고 너

: 이미 오래전에 지나가버린 우리의 시간들

**Part 4** 다시, 우리
: 사랑하기에 가장 좋은 시간은, 지금

Part 1

# 나, 그리고 너

사 랑 의  시 작 은  아 주  사 소 하 다

# 뭐해?

썼다 지웠다
손가락이 핸드폰 위를 어지럽게 헤매다가
어렵게 두 글자를 쓰고 물음표를 눌렀다.

'뭐 해?'로 시작되는 오늘 너와 나의 이야기.
오늘 너의 아침은 어땠는지
오늘은 무엇을 입었는지
조금 쌀쌀해진 날씨에
차가운 아메리카노 대신 따뜻한 아메리카노를 마셨는지.

늘 똑같다는 너의 일상,
그곳으로 들어가기 위해
나는 오늘도 시답잖은 물음표들을 던진다.

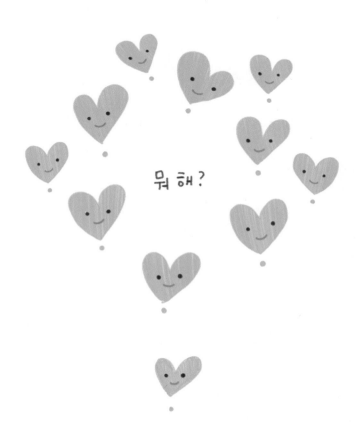

뭐 해?

## 조마조마

너의 말 한 마디에 마음 졸이고
단어 하나에도 무슨 뜻인지 백 번쯤 생각하고
네 표정의 작은 변화에 쿵 하고 심장이 내려앉아.

혹시 내 말에 상처받지 않았을까
그런 뜻이 아닌데 오해하진 않을까
왜 그렇게 짧게 대답한 걸까
나에게 화가 난 건 아닌지.

점점 둔해지는 나의 감각들이
너에게만은 활짝 열려 있나 보다.

오늘도 나는
조마조마한 마음으로
너를 바라본다.

당신은 처음으로 내게 일어난

좋은 일이야

_영화 〈졸업〉

## 포도맛 사탕

안녕?

어깨를 툭 치며 누군가 작은 목소리로 인사를 한다.
학교로 가는 붐비는 버스 안,
깜짝 놀라 돌아봤더니 몇 번 본 적 있는 다른 반 아이가
멋쩍게 인사를 건넨다.

응, 안녕?

얼떨결에 인사는 했지만 괜스레 더 어색해져
얼른 앞으로 고개를 돌렸다.

인사를 했으니 이야기를 해야 하나…
정말 얼굴만 아는 앤데 무슨 얘길 하지.

옆에 서서 부스럭부스럭하는 그 아이가
괜히 신경 쓰였다.

어색함도 잠깐,
점점 많아지는 사람들 때문에
나는 곧 이리저리 떠밀리다
간신히 버스에서 내렸다.

그러고는 그 앨 찾아보니
후다닥 교문을 향해 뛰어가는
뒤통수가 눈에 들어왔다.

지각도 아닌데 뭐가 저렇게 바빠?

이런 저런 생각을 하며
함께 내린 친구들 사이에 끼어 교문을 지나다가

교복 주머니에 손을 넣었는데
손바닥에 부스럭거리는 뭔가가 닿았다.

응? 뭐지?

꺼내보니 꼬깃꼬깃해진 청포도맛 사탕 한 개가 있다.
안녕, 하고 인사를 건넸던 그 아이가 떠오른다.
부스럭부스럭 잔뜩 분주하던 모습도 떠오른다.

며칠 밤을 뒤척이다
청포도맛 사탕 하나로
마음을 전했을지도 모를 그 아이를 생각하니
왠지 부끄러워져
사탕을 주머니에 넣고 후다닥 교실로 뛰어갔다.
부스럭거리는 소리와 함께 심장이 뛰었다.

마음을 전하는 방법에
능숙하지 않았던 시절.
초록색 청포도맛 사탕처럼
우리들의 마음도
그렇게 서툴고 시었다.

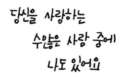

당신을 사랑하는
수많은 사랑 중에
나도 있어요

_헤르쯔 아날로그, 〈나도 있어요〉

## 어떤 그리움

너를 보고 있는 게 제일 좋지만
너를 볼 수 없을 때
너를 그리워하는 것도 좋다.

비 온다! 창밖의 나무가 더 파랗게 보여.

퇴근할 때 힘들겠네.

있잖아, 너를 생각하면 항상 코끝이 찡해. 꼭 와사비를 잔뜩 먹은 느낌이랄까?

그럼 코에 침을 발라.

주말에 드라이브할 거 너무 설레! 같은 공간에 나란히 앉아서 도란도란 수다 떨며 달리는 거 너무 행복해!

응 근데 차 막힐 것 같다…

# 감성 100%의 여자와 이성 100%의 남자

서로 전혀 다른 두 남녀가 만나서
사랑을 한다는 건 정말 기적 같다.
이렇게 의사소통이 안 되는데
기적이 아니고서는 설명이 안 된다.

지루함으로 가득한 게 인생이라 생각했는데
마법보다 더 신비로운 인생을 당신이 보여줬어요

_영화 〈로마 위드 러브〉

# 물음표가 느낌표가 되는 순간

스위스 여행 중 게스트하우스에서 만난 두 남녀는
학교 선후배 사이라고 자신들을 소개했다.
인원이 많은 과라서 그냥 인사하고 짧은 대화 정도 하는 사이지
별로 친한 사이는 아니라고.

그런데 어떻게 같이 여행을 왔어요?

내 말에 까만 뿔테안경을 쓴 남자가 멋쩍게 웃는다.
각자 방학을 맞아 배낭여행을 준비했는데 신기하게도
둘 다 하고 많은 나라 중에 스위스를 선택했고,
그렇게 각자 여행을 와서 돌다가
루체른이라는 작은 소도시 역에서 딱 마주쳤다고.
너무 신기하고 반가워서 이것저것 얘기하는 동안 친해졌는데
루트도 비슷해서 3일째 같이 다니는 중이라고 했다.

그렇게 두 사람과 친해져서 밤새도록 수다를 떨었다.

아, 그런데 뭔가 묘한 느낌.
친한 사이가 아니라고 했는데
유난히 후배를 잘 챙기는 남자선배와 친절한 후배.
잘 몰랐던 두 사람이 3일 만에 이렇게 친해지다니.

여행은 역시 특별해.
그땐 별 생각 없이 그렇게 생각하고 말았던 것 같다.

다음 날,
아침을 먹으러 식당으로 내려가는데
단발머리 여자후배가 벌써 식사를 마치고
지도를 보고 있었다.
나를 보자 눈인사를 하고 커피를 마신 후
옆에 있던 가방을 둘러멨다.
선배인 남자는 안 보이길래
어떻게 된 건가 싶어 말을 걸었다.

벌써 가세요?

네. 저는 오늘 먼저 떠나요. 선배는 아마 내일 이동할 것 같아요.

선배에겐 쪽지를 남겨놨다며 씩씩하게 말하고서는 인사를 한다.
그렇게 그녀를 보내고 커피를 내리고 있는데
뿔테안경 남자가 커다란 배낭을 둘러메고 헐레벌떡 뛰어나온다.

어, 오늘 가세요?

네? 네! 어 그런데…

반갑게 인사를 했는데
남자는 어쩐지 정신 없는 모양새로 허둥지둥이다.
침대 머리맡에서 쪽지를 발견했는데
그녀가 행선지가 바뀌어서 먼저 역으로 떠난다며,
즐거운 여행을 하고 한국에서 보자는 내용이
적혀 있었다고 했다.

저도 같이 가려구요!
방금 나갔어요. 빨리 쫓아가보세요!
감사합니다! 즐거운 여행하세요!

허둥지둥하면서도 환하게 웃으며
그는 허겁지겁 뛰쳐나간다.

아, 내가 잘못짚었구나.
저 쑥스러운 미소는 누굴 좋아할 때 나오는 미소다.
3일 만에 친해진 게 아니라
남자는 여자를 좋아하게 된 거였구나.

새로운 인연은 이렇게
예상치 못한 곳에서 만들어지기도 하지.

세수도 안 하고 헐레벌떡 뛰어나가는
남자의 뒷모습을 보며 신기하다고 생각했다.

그들이 어떻게 됐는지는 잘 모르겠다.
그렇게 엇갈렸을 수도 있고, 역에서 만났을 수도 있다.
하지만 이렇게 운명 같은 상황이 불러온 사랑이라니.
사랑이 예고하고 찾아오는 건 아니구나 싶었다.

좋아하는 마음을
어색한 웃음 뒤에 숨기려 하지 않기를,
이제 그녀 옆에서
그녀와 함께 활짝 웃을 수 있기를,
나는 진심으로 바랐다.

좋은 사랑은
복잡한 말로
시작되지 않아요

_정현주, 《그래도, 사랑》, 중앙북스, 2013

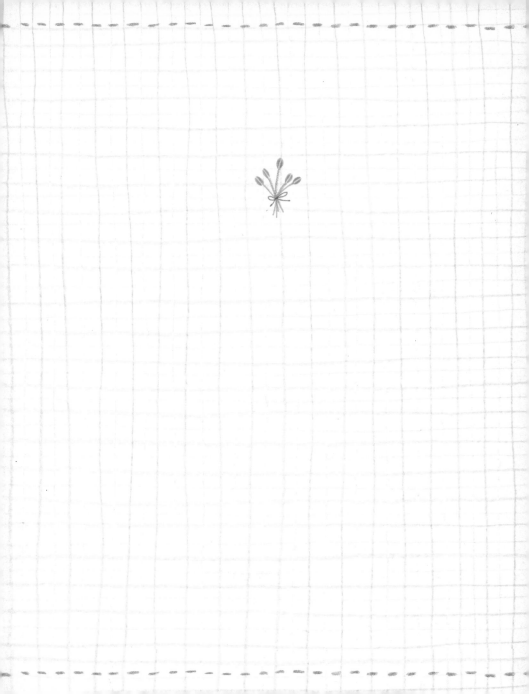

# 그건 아마도 사랑

#간질간질

#오늘 뭐 입지

#오늘 뭐해?

#밥 먹었어?

#지금 어디야?

#걱정돼

#우린 무슨 사이일까?

#별일없어?

#오늘 머리가 좀 이상해

#그 영화 되게 재밌대

#머리 묶을까 풀까?

#나 오늘 어때?

#들었다놨다 들었다놨다

#콩닥콩닥 두근두근

#보고 싶어

#심쿵

#하지 말걸

#내가 왜 그랬을까 엉엉

#눈와!

#이상하게 보면 어떡하지?

#뭐 좋아해?

#그냥 너랑 얘기하고 싶은 날

#베시시 헤헤

## 어려운 말


어딜 가든 볼 수 있는 쉬운 말
온 세상에 난무하는 말
가장 쉽고 정확하게 내 마음을 표현하는 그 말,

사랑해.

그런데 왜 그 흔하고 쉬운 글자가
내 마음이 되면 어려워지는 걸까.

 ㅏ랑해

사랑은 준비 없이 찾아온다
두려움과 함께

_영화 〈어바웃 타임〉

그냥, 마음이 가는대로

# 관계의 정의

언제 어디에서 왔는지도 모를,
그래서 언제 어디로 사라져버릴지도 모를,
오로지 감정 하나로 만들어진
불확실한 관계.

그럼에도 불구하고
늘 길을 알 수 없는 그 관계에
나도 모르게 뛰어들게 되는 이유는 뭘까.

## 기꺼이 길을 잃을래

그래, 너와 함께라면 기꺼이 길을 잃을래.
눈앞에 보이는 곳이 막다른 골목이라도 좋아.

사랑해서 함께한 게 아니야
더 사랑하려고 함께하는 거지

_애니메이션 〈Up〉

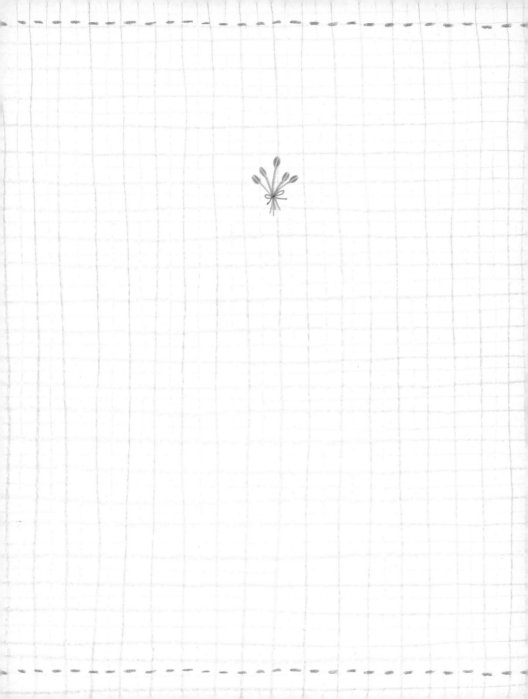

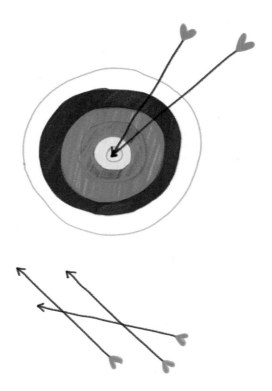

# 양궁

양궁 경기를 보다가
파랗고 빨갛고 노란 과녁에 꽂히는 화살을 보며
저게 참 사람의 마음 같다고 생각했다.

자신의 주위를 동그랗게 둘러싼 몇 개의 선.
10점, 9점, 8점.

마음을 양궁 경기처럼 점수로 표현할 순 없겠지만
원의 중심에 가까워질수록 가까운 사람이 되는 거겠지.

내 화살은 너의 과녁 어디쯤에 가서 꽂혀 있는 걸까.
그리고 너는 나의 어디쯤에 와서 꽂혀 있는 걸까.

이왕이면 10점 만점이면 좋을 텐데.

## 운명

누군가를 좋아하게 되는 마음은
뒤에서 날아오는 돌 같다.
보이지 않으니 피할 수 없는 돌.
이를 테면 운명 같은 것.

보려 해도 보이지 않고
그저 노력만으로 되지 않는 것.
우리는 흔히 세상 모든 걸 가진 것 같다, 라는 표현을 쓰곤 한다.
너의 마음이 나의 마음과 같다는 걸 알게 되었을 때,
세상 모든 걸 가진 듯한 기분이 드는 건
그게 그만큼 어려운 일이기 때문일 거다.

나는 너를 만났고
너를 사랑하게 되었고
너와 나의 마음이 같다는 걸 확인했다.

뒤에서 날아온 운명이란 돌에
맞아버렸다.

우연은,
우주의 이치다

_영화 〈500일의 썸머〉

## 손을 잡고 걸을 수 있는 유일한 사람

나란히 걸으며 몇 번이고 스치던 네 손이 나의 손을 잡는다.
나는 조금 부끄러워져서
"말하고 잡아야지!" 하고 장난을 쳤지만

너도 봤잖아.
그때 내 얼굴이 얼마나 빨개졌는지.
쿵쿵거리는 심장 소리가 너에게 들리지 않을까 걱정하며
맞잡은 손에서 계속 땀이 나는 게 부끄러워 잡힌 손을 슬쩍 뺐지만
그때마다 너는 씩씩하게 내 손을 다시 잡았지.


나는 너의 손을 잡고 걸을 수 있는 유일한 사람.
너는 나의 손을 잡고 걸을 수 있는 유일한 사람.

네가 오고
은은히 동화에서처럼
방이 울려 퍼졌다

_라이너 마리아 릴케, 〈사랑이 어떻게 너에게로 왔는가〉

# 고백

네가 제대로 마음을 들여다보지 않으면
우리도 존재하지 않아.

내가 원하는것은 함께 잠들 잘 사람
　내 발을 따뜻하게 해주고
내가 아직 살아 있음을 알게 해줄 사람
　내가 읽어주는 시와 짧은 글들을 들어 줄 사람

_ 자디아 에쿤다요, 〈내가 원하는 것〉

## 바다를 향해 달리다

누군가의 마음은 맑고 깨끗해
안이 다 들여다보이는 조그마한 시냇물 같고
누군가의 마음은 바다를 향해
조용히 흘러가는 강물 같기도 해.
또 누군가의 마음은 폭포처럼
웅장하고 거세고 강하게 보이기도 하지.

어떤 모습이어도 좋아.
결국 우리는 바다를 향해 달리고 있는 거니까.
결국은 바다에 가게 될 거니까.
결국은 사랑에 빠지고 말 테니까.

## 너를 만나러 가는 길

눈보라가 휘몰아치던 그날,
코트 깃을 세우고 몸을 잔뜩 웅크린 채
종종 걸음으로 널 만나러 가던 그날.

휘날리는 눈보라가 은하수 같았어.
떨어지는 차가운 눈이 별똥별 같았어.

# Part 2

# 우리

**서 로 에 게  물 들 어 가 다**

## 다정한 주말

창문 너머로 들어오는 햇빛에 눈이 부셔 블라인드를 내렸다.
나는 그의 팔을 베고 누워 핸드폰을 만지작거리고
그는 만화책을 본다.

같은 시간과 같은 공간을 공유한다는 건
딱히 특별한 일을 하지 않아도 행복한 일이다.
혼자 하던 일상에 그저 네가 들어왔을 뿐인데
이 모든 풍경이 뽀송뽀송해진다.

그 어느 날보다 조용하고 다정한 시간이
우리와 함께 흘러가고 있다.

네 별보다도 더 또렷하고
하늘보다도 더 높은 네 아름다운 마음이
행여 날 찾거든
혹시 그러한 날이 오거든
너는 부디 내게로 와다오
나는 진정 네가 좋다

_이상, 〈나는 진정 네가 좋다〉

# 너는 뭘 좋아해?

대체 내가 언제부터 이렇게 줏대 없는 사람이 된 거지?
난 언제나 취향이 확실하다고 생각했었는데 말이야.
그런데 자꾸 내 취향을 그애에게 묻고 있어.
내가 10센티 하이힐을 신을 줄 누가 알았겠니.
너도 알잖아, 나 귀여운 플랫슈즈 마니아인거.

그에게 잘 보이고 싶어서
그가 좋아하는 것들을 물어보게 된다며
발그레해진 볼을 하고는
누가 봐도 사랑에 빠진 게 분명한데
애써 아닌 척하며 그녀가 말했다.

사랑에 빠진 사람과 이야기를 나누는 건 행복한 일이다.
입으로는 투덜대고 있어도 입가엔 미소가 걸쳐 있고
눈은 반짝반짝 빛난다.
그 행복이 고스란히 전달되어 내 마음도 간질간질해진다.

있잖아, 그 애도 그럴 거야.
그 애도 항상 머리를 내리고 다녔는데
네가 이마를 드러내는 걸 좋아한다고 말한 후부턴
항상 양파처럼 이마를 훤히 드러내고 다닌다며.

내 말에 빨갛던 그녀의 볼이 더 빨개졌다.

생각해보면 누구를 좋아한다는 게
이렇게 특별한 거다.

내가 뭘 좋아하는지보다
네가 뭘 좋아하는지를 더 묻게 되는 것.
"너를 좋아해!"라는 말을
"너는 뭘 좋아해?"로 돌려서 말하는 것.

날 나답지 않게 만드는 것,
아니 내가 몰랐던 나를 만나게 하는 게 사랑이다.

# 사랑은 단짠단짠

달다가 짜다가 단짠단짠 울다가 웃다가 단짠단짠 달고 짜고 설탕범벅 소금범벅 달달한 설탕범...

...구웠고 구웠고 굴렀고 음음음 얼얼얼 음음음 굴렀고 음음음 굴렀고 깨물었고 깨물었고 뜨거웠고 뜨거웠고...

근무 하기 너무너무 너무너무 너무너무 싫어서였다

늘 짠 금맛 단짠단짠 언제까지 반복되는걸까 달고 짜고

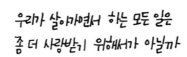

우리가 살아가면서 하는 모든 일은
좀 더 사랑받기 위해서가 아닐까

_ 영화 〈비포 선라이즈〉

# 여행지에서 보내는 편지

교토에 왔다.
나는 혼자 하는 여행이 익숙하다.
혼자 비행기를 타고
낯선 나라의 향기가 나는 공항에서 짐을 찾고
지도를 보며 낯선 길을 찾아가는 여행.

아무도 나를 알지 못하는 곳에서
그 누구와도 의논하지 않고,
혼자서 목적지를 찾아가는 것에서
뭔지 모를 성취감을 느낀달까.

외로웠던 적은 별로 없었던 것 같다.
기차를 타고 창밖을 바라보며
생각에 잠기는 것도 좋았고,
그런 나를 방해할 사람이 없는 것도 좋았다.

생각해보면 서울이 여유가 없는 도시는 아닌데,
서울에서는 내가 여유가 없었다.

내가 가지고 있는 모든 것에서 벗어나
온전히 혼자가 되는 것은 어쩐지 설렜고,
그게 나에게 여유였다.
나는 혼자 하는 여행이 좋았다.

아주 가끔,
정말 좋은 풍경을 만났을 때
지금 이 순간을 함께 나눌 대상이 있으면 좋겠다는
아쉬움은 있었지만
그것도 아주 잠시뿐이었다.

그래서 여행지에서의 편지는
왠지 모르게 촌스럽다고 생각했다.

그 나라의 유명한 명소가 프린트되어 있는 엽서에
혼자 감상에 잔뜩 빠져 편지를 쓰는 건
나 여행 혼자 왔는데
외로워 죽겠어, 심심해! 하고 말하는 것 같았고,
술에 잔뜩 취해
지나간 애인에게 전화를 하는 것과 같다는
생각을 해본 적도 있다.
다음 날 아침에 일어나 내가 왜그랬지 하며
이불을 백 번 정도 뻥뻥 차는.

그런데 이번 여행에서
나는 일주일 내내 혼자인 게 외로웠다.
어딜 갈 때 무언가를 놓고 가는 걸 아쉬워해본 적이 없는데,
나는 내내 놓고 온 그가 아쉬웠다.

좋은 곳을 찾아내면 이걸 네게 보여줬어야 하는데.
맛있는 걸 먹으면 이거 너도 좋아했을 텐데.

여유를 찾으러 왔는데 여유는 없고
온 정신이 네가 없는 이곳과 네가 있는 그곳에 가 있었다.
결국 고민하다가 정신을 차려보니
촌스런 엽서를 사놓고
구구절절 연애편지를 쓰고 있었다.

하지만, 어쩔 수 없다.
혼자 걷던 길을 누군가와 함께 걷고 싶어지는 것.
혼자서 하는 게 제일 좋다고 생각했던 걸
누군가와 함께하는 것도 좋을지 모르겠다 생각하게 되는 것.
연애는 그런 것이다.

연애편지는 서툴다.
여행지에서의 연애편지는 더 서툴다.
썼다 지웠다를 반복하는 동안
머릿속에서는 하고 싶은 말들이
온통 뒤죽박죽 쌓이고
평소에 하지 못했던 가장 감성적인 말들이 오가고,
정신차려보니 보고 싶다는 말만 백 번을 쓰고 있다.
꾹꾹 눌러 쓴 글씨만큼
그리운 내 마음이 잘 전달되길 바라며.


여행지에서의 편지는 여전히 촌스럽지만
나는 혼자보다는 둘이 하는 여행을 꿈꾸게 되었다.

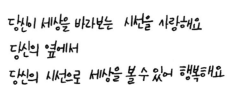

당신이 세상을 바라보는  시선을 사랑해요
당신의 옆에서
당신의 시선으로 세상을 볼수 있어 행복해요

_영화 〈그녀〉

# 별

별은 스스로 빛을 내는 게 아니라
태양빛이 반사된 거래.
그래서 태양빛이 없었다면
별이 있는지도 몰랐을 거야.

너는 나를 빛나게 해주고
나는 너로 인해 빛나.

우리는 서로가 있어야만
더 반짝이는
별 같은 존재.

## 네가 있는 그쪽이 환한 걸까
## 네가 환한 걸까

그래서 영감은 받았어?

짧은 여행에서 돌아온 나를 보며 웃으며 말하는 너.

그림 그리는 사람들은 참 신기하단 말이야.
내리는 비를 보면 영감을 받아?
영감을 받는다는 건 뭐야?

장난기 가득한 목소리로
신기하고 궁금하다는 듯 말하는 너를 보며 생각했다.

글쎄, 영감은 그렇게 받는 게 아냐.

영감을 받는다는 말을 잘 쓰진 않지만
확실히 어떤 동기가 되는 것들이 있기는 하다.
이걸 꼭 그려야겠다 싶은 순간이 오는데

그건 찾는다고 찾아지는 것도 아니고
받아야지 한다고 받아지는 것도 아니다.

그런데 신기하다.
너랑 같이 있으면
지금 나는 노란 달 위에서
춤을 추는 것 같기도 하고,
푸른 바다 위를 둥실둥실
날아다니는 것 같기도 하고.
마음이 몽글몽글해지며
절대 현실에서 일어날 수 없는
어떤 모습들이 자꾸 그려진다.

하다못해 그 짧은 며칠간의 여행,
창문 너머 내리는 비를 보며
나는 너와 함께 이걸 보았으면 어땠을까.

같이 우산을 쓰고 거리를 걸었다면
내리는 비가 꽃처럼 느껴졌을 텐데.
그런 생각을 했다.
모든 혼자만의 시간에 네가 함께했다.

이런 내 마음은 모른 채
눈이 마주치자 장난스럽게 웃는 너.
해사한 너의 미소를 보며
나는 갑자기 그림을 그리고 싶어졌다.

그래, 영감은 이럴 때 받는 거지.
가장 슬프거나
가장 격렬하거나
가장 아름답거나
뭐든 '가장'이라는 최상급이 붙는 순간.

네가 나를 보여 웃는
가장 행복한 이 순간처럼.

당신의 머리칼을 뒤적이며 쓰다듬을 때

내 손에서 아름다운 무언가가 만들어지네

_안토니오 가모네다, 〈사람〉

## 리액션

나는 때때로
벽을 보며 연애하는 것 같다고 생각했다.
사랑을 의심하는 건 아니었지만
무심하고 표현을 잘 못하는 그가 가끔은 서운했다.
리액션이 없는 남자란
마치 딱딱한 벽처럼 느껴져서
늘 함께하던 사람인데도
뭔지 모를 낯섦에 괜히 심술이 나곤했다.

내가 사람이랑 사귀는 건지 벽이랑 사귀는 건지!

그날도 그런 날 중 하나였다.
정말 오랜만에 데이트를 하게 된 날이었다.
멀리 보이는 그의 모습이 반가워서
강아지처럼 달려가 매달려서는 폴짝폴짝 뛰었는데
이 곰 같고 벽 같은 남자는 어쩔 줄 몰라 하며
멀뚱멀뚱 서서 어색하게 웃는 게 전부다.

치, 안 반가워?

꼭 나만 반갑고 나만 신난 것처럼 느껴져
괜히 나 혼자 토라졌었다.

오랜만의 산책.
살랑살랑 부는 바람에 금세 다시 기분이 좋아졌다.
그렇게 한참 손을 잡고 길을 걷다가
전화가 와서 잡은 손을 놓고 잠시 통화를 했다.
통화가 끝나고 다시 나란히 서서 걷는데,

꼬물꼬물.
그의 손이 허공을 헤집으며 내 손을 찾아 잡는다.
무슨 큰 것이라도 잃어버린 것마냥
허둥대는 그 손에 갑자기 웃음이 났다.
어쩌면 이게 무심한 이 남자가 할 수 있는
최대의 리액션인지도 모르겠다.

어휴 소심해!

버럭 소리를 지르니
멀뚱멀뚱 곰 같은 얼굴로 나를 쳐다본다.

그래, 그거면 됐다.
한숨 한번 내쉬고 수줍은 그의 손을 꼭 잡았다.

따듯한 손 너머,
서툴지만 다정한 마음이 전해져온다.
바람은 살랑살랑
너의 마음에 내 마음도 살랑살랑.

낯선 도시 속에 둘만의 방
머리 위에 너의 하늘은 나의 하늘

_토이, 〈Bon Voyage〉

## 와사비맛 마음

너를 생각하면
그리움과 설렘과 아쉬움이
마구마구 뒤섞이다가
코끝이 찡해진다.
알싸한 와사비맛이
무방비로 느껴질 때처럼.

## 찌질해도 괜찮아

굉장히 하찮고 유치한 것 같아
차마 하지 못한 말들이 있어.

사실 나는 네가 자주 가는 편의점에
예쁘장한 아르바이트생도 질투가 나.
너의 SNS에 댓글을 다는 사람들과
재미있게 대화를 나누는 것도 질투가 나.

구질구질 꾸덕꾸덕 질척질척.
마치 체감온도 40도에 습도 100인,
끈적끈적함이 넘쳐버리는 찌질한 마음.

그래도 상관 없어.
찌질해도 유치해도 괜찮아.
어차피 사랑은 그런 것.

천년만년이 걸릴지라도
그대가 내게 입맞춤하고
내가 그대에게 입맞춤하는
그 영원한 순간은
다 말하지 못하지

_자크 프레베르, 〈몽수리 공원〉

## 가장 추운 시간

오늘은 너의 그림자라도 되어
네가 가는 곳마다 함께이고 싶었어.
일상의 무게에 어깨를 움츠리면
토닥토닥 해주고 싶었고
싸늘한 바람에 몸을 움츠리면
코트 깃을 여며주고 싶었어.

너의 따뜻한 시간 말고
가장 추운 시간에
내가 있고 싶어.

## 마당이 있는 집,
## 마당을 품은 마음

언젠가부터 그런 생각을 하게 되었다.
넓지는 않아도 마당이 있는 집에 살고 싶다고.
아빠는 마당 있는 집이 얼마나 불편하고
손이 많이 가는 줄 아느냐며
나는 게을러서 절대 마당 있는 곳에서
잘 관리하며 살 수 없을 거라며 타박을 했지만,
늘 마당이 있는 집에 사는 걸 꿈꿨다.

봄이 되면 소박하고 예쁜 꽃이 피고
여름이 되면 푸릇푸릇 잔디가 올라오는 그런 마당.
가을에는 붉은 빛들로 여물어가고
겨울에는 하얀 눈이 내려앉아 쉼을 주는 그런 마당.

사계절이 오고, 머물고, 가고, 다시 오는 것을
한눈에 볼 수 있는 곳에 살고 싶다고 생각했다.

그러다 언젠가부터 그런 생각을 하게 되었다.
마음에 조그마한 마당이 있는 사람을 만나고 싶다고.


마음에 꽃이 핀 마당이 있어서
여름 내 푸릇푸릇 잔디에 물을 주고
조그마한 마당을 잘 쓸어
화려하지는 않아도
늘 건강하고 깨끗한 마당을 유지하는 사람.
그런 따뜻한 마음으로
늘 나를 반겨줄 사람을 만나야겠다고.

그러다가 다시 생각했다.
서로에게 마당 같은 사람이 되는
사랑을 하고 싶다고.

내가 가꾼 나의 마당에서 쉬고,
네가 가꾼 너의 마당을 산책하고.
그렇게 서로의 계절을
함께 바라볼 수 있는 사랑을 만나야겠다고.

마음에 조그마한
마당이 있는 사람을
만나고 싶어.

밝은 얼굴을 가진 그대
낯설지만 달콩한 노래를 부르는
부드러운 그대여

_헤르만 헤세, 〈빛나는 이마를 가진 그대〉

# 2016

**북라이프** 도서목록

## "오래도록 이 햇빛을, 이 바람을, 이 순간을 기억할 것!"

### 낯선 공간을 탐닉하는 카피라이터의 여행 기록

작가가 제안하는 여행은 '외계인 되어보기'다. 우리는 지구를 정말 잘 알고 있나? 익숙해져서 알고 있다고 착각하는 건 아닌가? 모든 게 문득 다시 시작되는, 여행이 펼쳐진다.
_김중혁(소설가)

**모든 요일의 여행**
김민철 지음 | 값 13,500원

**"날카로운 아이디어는 뭉툭한 일상에서 나온다."**
쓰기 위해 살고, 살기 위해 쓰는 카피라이터의 일상 기록

**모든 요일의 기록**
김민철 지음 | 값 13,500원

북라이프    서울시 마포구 월드컵북로6길 3 이노베이스빌딩 7층 | 전화 (02)338-9449 | 팩스 (02)338-6543

## FBI 미래학자가 최초로 밝힌 미래 범죄 보고서!

# "기술 진보는 병적인 범죄자의 손에 도끼를 쥐어주는 격이다!"

발전하는 과학 기술에 발맞춰 테러리스트 집단과 해커, 전세계 정부가 벌이는 미래 범죄를 폭로한 다. 국제적인 경찰 조직에서 수십 년 동안 경력을 쌓은 저자는 온라인과 오프라인을 넘나드는 잔혹한 미래의 범죄를 파헤치고 그에 대한 대비책을 조언한다. 새로운 범죄로 일상을 위협받는 현대인의 필독서!

### 누가 우리의 미래를 훔치는가
마크 굿맨 지음 | 박세연 옮김 | 값 24,000원

---

### 괴짜 물리학
렛 얼레인 지음 | 정훈직 옮김 | 이기진 감수 | 값 16,800원

**《와이어드》 인기 과학 칼럼니스트가 들려주는 유쾌한 과학책!**
일상에서 발견한 엉뚱한 질문에서 영화 속 슈퍼 영웅의 진실까지, 생각의 틀을 깨는 50가지 질문을 물리학으로 쉽고 재미있게 풀어낸 책. 저자는 자신만의 독특한 시각과 위트 있는 문제로 독자들을 흥미로운 물리학의 세계로 안내한다.

---

### 창조의 탄생
케빈 애슈턴 지음 | 이은경 옮김 | 값 16,800원

**전세계가 주목한 기술혁신가, 케빈 애슈턴이 밝히는 창조의 연금술**
모차르트에서 우디 앨런, 아르키메데스부터 스티브 잡스, 라이트 형제의 비행기부터 코카콜라에 이르기까지 예술, 과학, 철학, 기술, 산업 분야를 망라하여 창조성을 빛낸 인물들의 빛나는 사유와 위대한 발견을 만난다.

오늘 더 빛나는 서른 즈음, 우리들의 풍경

# "완벽하진 않아도
# 지금의 내가 좋다!"

나 아직 청춘일까, 다시 사랑을 할 수 있을까, 낭만적 밥벌이는 환상일까, 어떻게 해야 행복해질 수 있지, 다시 배낭을 메고 떠날 수 있을까, 이제는 별일 없이 살 수 있을까. 일, 사랑, 인간관계 등 변화의 시점에 놓인 여자들이 한 번쯤 겪게 되는 일상의 고민들을 섬세하게 그려낸 그림 에세이.

**반짝반짝 나의 서른**
조선진 지음 | 값 13,800원

## 울지 마 당신
이용현 지음 | 값 13,500원

**위로가 필요한 모든 순간에 써내려간 문장들**
어느 것 하나 맘처럼 되지 않고 내 편이 없다고 느낄 때, 흐르는 눈물을 주체할 수 없을 때 누군가 조용히 다가와 따뜻하게 말을 걸어준다면 어떨까? 페이스북 인기 콘텐츠 '울지 마, 당신'에서 가장 사랑받고 공감을 얻었던 120여 편과 사진을 엄선해 담아냈다.

## 청춘을 달리다
배순탁 지음 | 값 13,500원

**"청춘이 머문 자리에는 언제나 음악이 있었다!"**
소란했던 시절, 오로지 음악 하나로 버텨온 배순탁 작가의 청춘의 기록이자 그 시절을 함께해온 음악에 관한 이야기. 대중문화의 황금기였던 1990년대를 이끈 15명 뮤지션의 음악을 맛볼 수 있는 한 장의 '컴필레이션 앨범'과도 같은 책!

# "행복하려면 그것을 향해
# 발을 내디뎌야 한다!"

유명 퀴즈쇼에 도전해 '50만 유로'라는 커다란 행운을 얻은 저자는 상금으로 한 달에 한 도시씩 총 열두 도시를 여행한다. 진정한 자유와 행복을 위해서는 큰돈이 아니라 모험심과 용기, 호기심이 더 필요하다. 낯선 도시에서 자신과 마주하는 시간이 얼마나 소중한지, 살아가는 데 무엇이 가장 중요한지에 대한 깨달음을 들려준다.

**나는 떠났다 그리고 자유를 배웠다**
마이케 빈네무트 지음 | 배명자 옮김 | 값 14,500원

---

## 느리게 걷는 즐거움
다비드 르 브르통 지음 | 문신원 옮김 | 값 13,000원

**두 발로 하는 가장 단순하고 명쾌한 철학적 경험, 걷기**
2002년에 출간된 《걷기예찬》 그 후 10년, 여전히 걷기를 멈추지 않은 저자 다비드 르 브르통이 다시 한 번 걷기에 대해 예찬한다. 삶을 방해하는 생각들을 잘라내고 잃어버린 자기 자신을 되찾아가는 걷는 즐거움에 관한 책.

---

## 떠나지 않으면 안 될 것 같아서
이애경 지음 | 값 13,000원

**"떠나고 싶을 때는 주저하지 않고 떠나야 한다!"**
《그냥 눈물이 나》, 《눈물을 그치는 타이밍》 이애경 작가의 세 번째 감성 에세이. 반복되는 일상에 지치고 삶이 버거워질 때면 주저 없이 여행을 떠났던 작가가 길 위에서 기록해둔 소중한 순간과 단상들을 모아 따뜻한 위로와 응원의 메시지를 전한다.

## 자전거를 탄 풍경

너랑은 자전거를 타고
넓고 한적한 곳을 천천히 달리는 것처럼
사랑하고 싶어.

자전거를 타야만 볼 수 있는 것들이 있잖아.
나른한 속도로 달려야만 느낄 수 있는 것들.
이를테면 바람, 공기, 그 계절만이 가지는 향기 같은 것들.

그렇게 느리지도 빠르지도 않은 차분한 속도로 달리다 보면
익숙했던 것들도 새로운 풍경으로 다가오잖아.

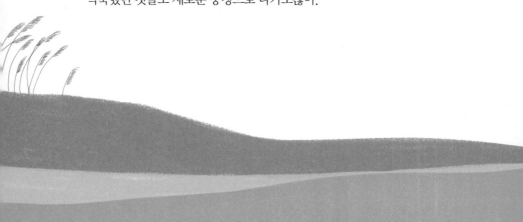

적당한 온도의 따뜻함을 가진 바람을 맞으며
아무 말 하지 않고 같은 길을 달려도 외롭지 않은.
그래서 그저 곁에 있을 뿐인데도 그 온기가 전해져
마음까지 따뜻해지는 그 풍경 안에
우리가 있었으면 좋겠어.

너와 함께 자전거를 타고 싶어.
스쳐 지나가는 모든 것들을
하나하나 기억하고 추억하며
너와 그렇게 사랑하고 싶어.

## 가장 좋은 동기부여

네가 좋아지면 좋아질수록
나도 조금 더 좋은 사람이 되어야겠다고 생각해.

내가 조금 더 근사한 사람이 되면
어쩌면 네가 지금보다 더 나를 좋아해주지 않을까.

사랑이란 이상해.
이렇게 아무런
조건 없이
이유 없이
동기부여가 되다니.

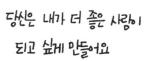

당신은 내가 더 좋은 사람이
되고 싶게 만들어요

_영화 〈이보다 더 좋을 순 없다〉

## 사랑할 때 가장 중요한 것

분명 좋은 일만 있지는 않을 것이다.
많은 시간을 함께 보내는 동안
실수를 하고 오해를 하고 외롭기도 할 테고
이불을 뒤집어쓰고 우는 날도 있을 테고
가끔은 세상 누구보다 좋은 너를
세상 누구보다 미워하는 날이 올 수도 있다.
거리가 생기고 서로에게 소홀해질지도 모른다.

하지만 그만큼 특별해질 거라는 것.
사랑하기 때문에
실수를 하고 오해를 하고 외로워하고
울고 미워하고 할 수 있는 것 같다.
단지 사랑한다는 이유로 그 많은 감정을 겪고
내 안의 감정을 온전히 다 보일 수 있는 사람이 있다는 것은
정말 특별한 일이 아닐 수 없다.

그러니 망설이지 말자.
다투고 오해하는 시간들을 겪다가
서로가 좋아하는 마음이 사라진 걸까
오해하게 되는 날이 오더라도.

그것도 사랑의 과정이라고 생각하고,
사라지는 게 아니라
더 깊어지는 거라고 생각한다면,
다툼은 중요한 일이 아니게 된다.

진짜 중요한 건
그럼에도 손을 잡고 마주보고
다시 웃을 수 있는 거다.

## 사랑은 맵고 달콤하고

매운 시간들이 있기에
우리의 행복한 시간이
달콤한 솜사탕같이 느껴지는 거 아닐까.

# 위로가 되는 존재

서로에 대해 많이 아는 만큼
그 사람과의 관계가 깊은 거라 생각했던 적이 있었다.
내가 아무에게도 쉽게 말하지 못했던 나의 모습을
보여줄 수 있는 친구일수록 가까운 친구이고
내게 자신의 깊은 속내를 털어놓는 친구일수록
그 속내만큼 깊은 친구라고.

그런데 그런 게 아닌 것 같다.
모든 걸 다 안다고 해서 친구인 것도 아니고
상대의 치부를 알지만 모두 덮어준다고 해서
사랑하는 것도 아닌 것 같다.
때론 그저 그런 거구나 생각하면서 흘려 넘기는 것.
그 사람이 말하려고 할 때까지 굳이 알려고 들지 않는 것.
그저 조용히 곁에 머물러 있는 것.

누군가에게는
그 어떤 말을 하지 않아도
위로가 되는 사람이고 싶다.

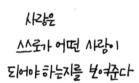

사랑은
스스로가 어떤 사랑이
되어야 하는지를 보여준다

_안톤 체홉

# 야근 동지

툴툴거리며 네가 말했지.

외근 갔다가 사무실로 돌아오니
책상 위에 메모랑 일거리가 쌓여 있어.
오늘도 야근 예약이야. 쳇!
나도 오늘 밤샘 작업이야! 같이 하자!

나는 네가 야근을 하는 게 좋았어.
밤늦게까지 그림을 그리다 보면
나도 모르게 저녁 먹을 시간을 놓치는 때도 많았고
혼자서 아무 말 없이 작업을 한다는 게 외로울 때도 있었는데
그때마다 네가 알람처럼 저녁시간이라며 나의 저녁을 챙기는 것도,
일하는 중간 중간 실없는 농담을 주고받는 것도 좋았어.
그리고 다시 열심히 하자며
서로 파이팅을 외치며 일을 시작하는 것도 말이야.

서로 다른 공간에 있지만
같이 있는 것 같은 기분이랄까.
수업시간 45분 사이에 끼어 있는
쉬는 시간 10분처럼
너는 내게 쉬는 시간 같은 존재.

미안한 얘기지만,
나는 너의 야근을 정말 좋아해.

내가 네게 하고 싶은 말은
아, 너를 사랑해

_10대의 헤밍웨이가 쓴 편지

## 하나의 계절

네가 있으니 계절이 더 선명하게 보여.

너는 또 내 말이 이상하다고 생각하겠다.
넌 언제나 내가 하는 말들을 잘
이해하지 못하겠다는 듯 말했으니까.

그런데
꽃피는 봄이 연분홍빛 벚꽃색으로 보이고
여름은 비가 한바탕 쏟아져 내린 후
더 선명해지는 초록빛을 띠고
가을은 너와 함께 하는 커피 한잔으로
짙은 향기가 생긴다.

서로의 목도리를 여며주고
너의 손을 꼬옥 잡고
너의 주머니에 손을 넣고 걸을 때면
새하얀 겨울밤이 온통 반짝반짝거린다.

옷장의 옷이 바뀌는 것으로
새로운 계절을 느꼈던 나에게
너는 다른 계절의 모습을 보여준다.
나는 네가 만든 이 계절에
영원히 머무르면 좋겠다고 생각했다.
늘 너와 함께 이 계절을 보고 싶다고 생각했다.

# Part 3

# 다시 나, 그리고 너

이 미 오 래 전 에 지 나 가 버 린 우 리 의 시 간 들

## 너는 이제 내 손을 꼭 잡지 않더라

늘 그랬듯, 늘 함께 갔던
골목 귀퉁이 조그마한 가게에서 점심을 먹고
그 골목 끝, 커피가 맛있는 카페에 들러
나는 익숙하게 아이스 카페라떼,
너도 나를 따라서 아이스 카페라떼.

우리도 같고, 늘 가던 그곳도 같았는데
시시콜콜 주말 내내 있었던 일을 얘기하는 나도 같고
묵묵히 듣는 너도 같았는데
그냥 뭔가 이상했어.
공기가 달라진 느낌이 들었어.
왜 이런 걸까, 대체 뭐가 이상한 걸까.
아무리 생각해도 답이 나오지 않아.

그렇게 카페를 나와 한참이나 걸은 후에야
나는 알게 되었어.
언제나처럼 나는 너의 오른편에,
너는 나의 왼편에 서서 나란히 걸었는데.

너는 이제 내 손을 꼭 잡지 않더라.

그때 알았지.
나도 너도 여기도 다 같은데,
변한 것은 하나.
너의 마음이 달라졌다는 걸.

# 보고 싶다는 마음은 익숙해질 거야

좋아하는 음악을 틀고
커피를 내리고
간밤에 내린 비를
잔뜩 맞은 화분들이 괜찮나
확인을 하며
하루를 시작했다.

오랜만에 여유로운 주말.
읽다 만 책을 꺼내 읽고
잠시 눈을 감고 노래 가사에 귀를 기울이다
빗소리를 들으며 낮잠도 잤다.

SNS로 남들의 오늘 하루를 엿보았고,
에어비앤비로 남의 집 구경을 하다가
오후엔 과일 가게에 가서 자두랑 토마토를 사고
돌아오는 길에 서점에 잠시 들러 책 구경도 했다.

게으른 하루,
나태한 하루,
이기적인 하루.
온전히 나만을 위한
사치스런 시간들을 보내고 있는 중이다.
그리고 계속
먼지들을 쌓아가고 있는 중이다.

'보고 싶다.'

허공을 떠돌던 가벼운 그것들이
그냥 쌓이도록 내버려둔다.
그러다 언젠가 문득
그게 눈에 들어오는 날
깨끗하게 닦아내면 그만인 그것들.

보고 싶다는 마음은
익숙해질 거야.

곧 봄이 온다
너를 만난 봄이 온다
네가 없는 봄이 온다

_ 애니메이션 〈4월은 너의 거짓말〉

## 어른의 사랑

어른이 되어가는 것 같다.
반복되는 이별에 익숙해지는 것
사람을 보낼 줄 아는 것.
떠나는 너는 너대로
남은 나는 나대로.

서로가 없는 시간을 살아가야 한다는 것을 인정하고
그걸 익숙하게 받아들이는 나를 보며
반복되는 이별은 사람을 무디게 만들고
독하게도 만드는구나 생각했다.

어쩌면 독해지는 게 아니라
용감해지고 있는 건지도 모른다.
마주하기 싫은 현실을 제대로 마주하고
그 안에 있는 모든 슬픔을 온 몸으로 받아들여
견딜 수 없는 아픔을 견뎌내고

나중에 후회하지 않게
스스로의 결정을 믿어주는 것.

나는 용감하고 씩씩하게
그걸 마주하는 거라 생각하기로 했다.
미워하는 마음 대신 고마운 마음만 가지기로 했다.

지금의 나를 만들어준 건 너.
언젠가 또 다른 사랑이 왔을 때,
조금 더 어른스럽게 사랑할 수 있도록
배워가는 과정이라고.

# 기억의 상자를 열다

너와의 기억이 모두 담긴 상자를 열었다.

추억을 붙들고 있었던 내 잘못이었다.
나는 계속 과거에 있었다.
네가 내게 했던 말,
우리가 함께했던 곳의 추억.

이제 너와 나에게 우리는 없는데,
나는 우리를 붙들고 살고 있었다.

그는 늘 외롭다고 말했다.
함께 걷고 있다고 생각했는데
혼자인 것보다 더 외로웠다고.

마지막 날 그가 내게 했던 말을 기억한다.

"돌이켜 생각해보면 애처롭게도
우리는 사랑한 게 아니었어.
그저 빈 시간을 채워줄
누군가가 필요했던 걸까.
주말에 혼자 있고 싶지 않았던 걸까.
너의 '외로움'이 나를 만났을 뿐
'너'는 나를 만나지 않았어."

내가 그때 무슨 말을 했더라.
변명을 했는지 화를 냈는지 기억나지 않는다.
다만 불같이 화를 내는 그를 보며
그저 다른 방식이라고 생각했던 내 연애의 방법이
뭔가 잘못되었던 걸지도 모른다, 라는 생각을 했던 것 같다.

나는 누굴 만나도 끝이 아쉽지 않을 것 같은
사랑을 해왔다고 생각했었는데.
늘 최선을 다했고,
어떻게 보면 일을 하듯 사랑을 했던 것 같기도 했다.
하지만 그것도 사랑의 방식이라고 생각했는데.

어쩌면 '잘'하겠다고 생각한 것부터가
잘못이었을지도 모르겠다.
사랑은 일이 아니어서
일처럼 시간을 투자하고 노력한다고

잘되는 것도 아니었고,
가장 먼저, 어떤 모습으로도 예측할 수 없게,
가장 빠른 시간 안에 변해가는 거였다.

나는 그저 내가 상처받는 게 두려웠을 뿐이었다.
그래서 마음을 꽁꽁 닫아두고
그 두려움이 드러나지 않도록
최선을 다해 노력하려고 했을 뿐이었는데.
내 마음 가장 깊숙한 곳에 있는,
가장 볼품없고 조악한 것을
들여다본 것 같은 기분이었다.

나는 상자를 닫았다.
이제 버려야겠다고 생각했다.

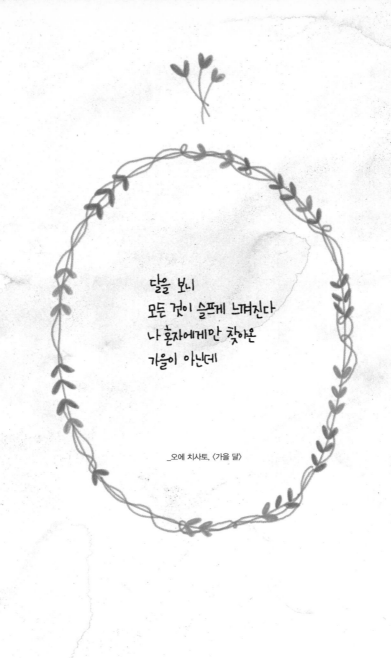

달을 보니
모든 것이 슬프게 느껴진다
나 혼자에게만 찾아온
가을이 아닌데

_오에 치사토, 〈가을 달〉

# 너 변했어

누군가는 신뢰를 쌓아가는 거라고 말하지만
연인 사이에 신뢰는 처음부터 있어야 하는 거야.

처음부터 뾰족뾰족 선인장 같은 마음으로 서로를 바라보지 않고
무조건적인 믿음으로 상대를 대하는 것.
돌이켜보면 내가 뾰족했기 때문에 너도 뾰족해진 거였어.

내가 너를 솜사탕같이 말랑말랑한 마음으로 보았더라면
너도 그러지 않을 텐데.

그날,
너와 다투면서
너 변했어, 라고 말하면서 알게 되었어.
그 말을 하고 있는 내가 변했다는 걸.

너 변했어,

너도 변했어.

# 나 이제 갈게

알아.
너는 갔고
시간도 가고
지킬 수 없는 약속들만 남았다는 걸.

그 약속들을 붙들고 있던 나도
이젠 가야 한다는 걸.

안녕.

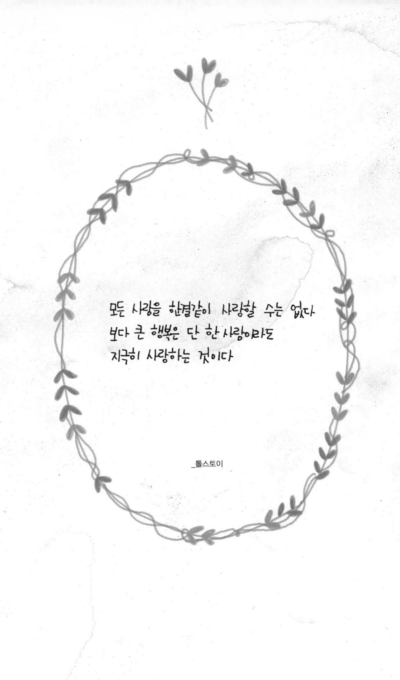

모든 사랑을 한결같이 사랑할 수는 없다
보다 큰 행복은 단 한 사람이라도
지극히 사랑하는 것이다

_톨스토이

## 사랑을 잃는다는 말

헤어진다는 것은 어떤 준비를 해도 예상할 수 없는 것 같아.
그저 상황이 닥치면
어떻게든 그 순간에 최선을 다해야 할 뿐
예상했다고 해서, 준비한다고 해서.
겪어봤다고 해서 익숙해지는 것도,
더 잘할 수 있는 것도 아닌 걸 보면 말이야.

흔히들 사랑을 잃는다고 표현하잖아.
그런데 난 그렇게 생각해.
이별이란,
'너와 나의 사랑'에서 그저 너와 내가 빠지는거야.
그래서 헤어진다는 것은,
사랑을 잃는게 아니라
사랑만 남는거야.

그렇게 생각하면
아쉬울 것도 후회할 것도 없지 않겠니.
그저 그때 그랬었지,
그때 우리에겐 그런 사랑이 있었지, 하고 만다면.

지금 여기 너는 없고,
지금 네 곁에 나도 없지만
너는 또 다른 나와 사랑을 하고 있을 테고
나는 또 다른 너와 사랑을 할 테니
결코 사랑은 잃는게 아니야.

사랑은 영원해.
그저 너와 나는 사라지고
사랑만 남아 있을뿐.

## 그때처럼

잠을 자려고 누웠다가도
두근두근 뛰는 마음이 감당이 안 돼
이불을 박차고 일어나
책상 앞에 앉았던 때가 있었다.

어떻게든 이 마음을 표현하고 싶은데,
편지로 써내려가기에 내 글은 너무 보잘것없고
말로 하기엔 어떤 단어를 써서 표현해야 할지,
어떤 표정을 지어야 할지.

혹여 내 진심이 제대로 전해지지 않을까
사소한 오해라도 생기지 않을까 겁이 났다.

나는 서툰 그림을 그렸다.
그나마 그것들 중
내 마음에 가장 가깝게 표현할 수 있는 건
그리는 것뿐이었다.

그래.
이래서 사람들은
시를 쓰고,
노래를 부르고,
글을 쓰는구나.
이런 마음이겠구나, 생각했다.

내가 너를 많이 사랑하던 때
슬픔을 감당하지 못해
그림을 그리는 지금처럼.
나는 사랑이 벅차서 그렸다.

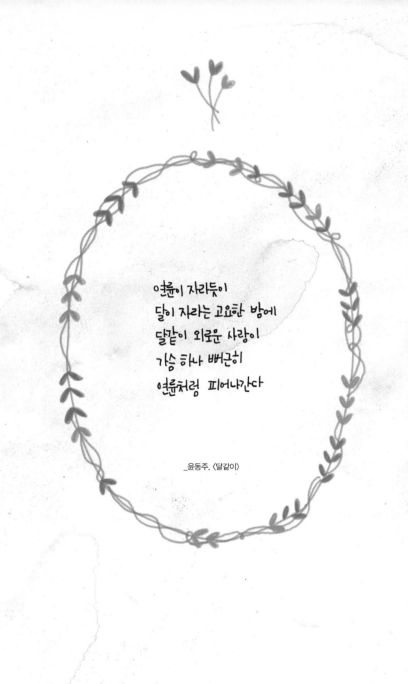

연륜이 자라듯이
달이 자라는 고요한 밤에
달같이 외로운 사랑이
가슴 하나 뻐근히
연륜처럼 피어나간다

_윤동주, 〈달같이〉

# 별 헤는 밤이 지나고 나면

나도 누군가에게
한때 반짝이는 별과 같을 때가 있었다.

그리고 내게도
까만 밤하늘을 더 근사하게 만들어주는
반짝이던 사람이 있었지.

하지만 이제는 아무것도 보이지 않는
안개 낀 흐린 밤일 뿐.
별은 반짝임이 사라지고 나면 보이지 않는다.

그렇게 이별이 지나가고
앞도 잘 보이지 않는 깜깜한 밤을 헤매다 보면
어느새 어스름하게 동이 터 오는 순간이 온다.
그 반짝이던 순간에서 벗어나고 나면
그제야 제대로 그 순간이 보인다.

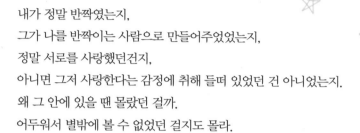

내가 정말 반짝였는지,
그가 나를 반짝이는 사람으로 만들어주었었는지,
정말 서로를 사랑했던건지,
아니면 그저 사랑한다는 감정에 취해 들떠 있었던 건 아니었는지.
왜 그 안에 있을 땐 몰랐던 걸까.
어두워서 별밖에 볼 수 없었던 걸지도 몰라.

무수히 많은 동화 속 왕자와 공주의
오래오래 행복하게 살았습니다, 는
해피엔드로 보이지만
그건 동화책 밖에서 보는 우리의 기대일 뿐이야.

사실,
어떤 해피엔드는 이별이 아닐까.
너와 나의 이 이별이
해피엔드였으면 좋겠다.

## 서로에게만 닿지 못한 마음

늘 나는 너에게 말했어.
뭐든 말하라고.
나는 네가 아니라서 말하지 않으면 알 수 없으니
혹시나 기분이 나쁘거나 서운한 게 있다면
무엇이든 말해달라고.

그런데 사실, 나도 네게 하지 못하는 말이 너무 많았어.
말하지 않으면 알 수 없다고 말한 건 난데
나도 잘하지 못했어.

내가 말하기 전에 네가 먼저 알아주길 바라는 마음도 있었고.
혹시 나의 서운함을 말했을 때 네가 실망할까 봐 두려웠어.
그렇게 나는 네게 늘 괜찮다고 얘기하며
스스로를 외롭게 만들고 있었던 걸지도 몰라.
괜찮아, 괜찮아,라고 얘기하면 괜찮아질 거라고 생각했어.
모든 건 마음먹기에 달린 거라고.

난 쿨하니까 금방 괜찮아진다고.

말하지 않는 것.
그래, 그게 어쩌면 맞는 거라고.
그러면서도 내내 내가 외로운 게 속상했어.

지금에 와서 생각해보면
나는 상처주기 싫은 마음과
상처받기 싫은 마음 사이에서
아무것도 선택하지 못했던 거 같아.
그리고 너도 그랬겠지.

결국 우리는 서로에게 상처를 줄까 두려워
스스로에게 상처만 주고 있었던 것 같아.
그렇게 지쳐갔던 것 같아.

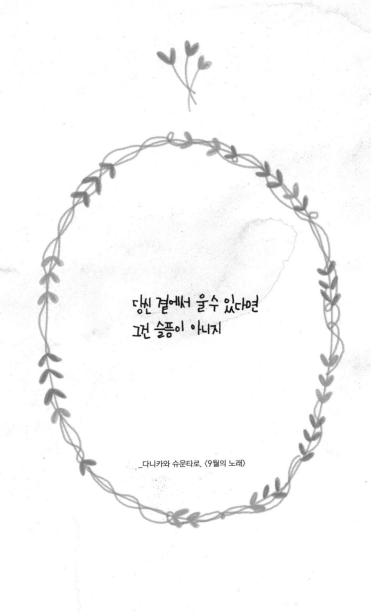

당신 곁에서 울수 있다면
그건 슬픔이 아니지

_다니카와 슌타로, 〈9월의 노래〉

## 보내지 않을 편지

지금에 와서 알게 된 결정적 사실 하나.

우린 서로에게 가장 큰 존재에서
가장 아무것도 아닌 존재가 되었다는 것.


잘 지내.
항상 네 곁이 따뜻했으면 좋겠다.

그래도 네가
행복했으면 좋겠어.

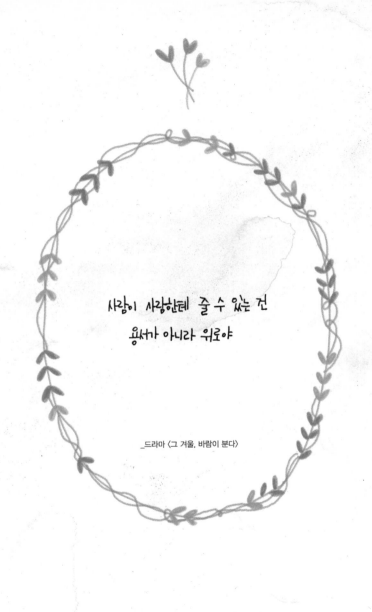

사람이 사랑한테 줄 수 없는 건

용서가 아니라 위로야

_드라마 〈그 겨울, 바람이 분다〉

# 색종이

가끔 기억이 색종이었으면 좋겠다는 생각을 한다.
그러면 제일 예쁜 색의 색종이를 골라
너와의 기억을 예쁘게 접는 걸로 끝낼 수 있을 텐데.

그렇게 내 마음도 접을 수 있으면 좋을 텐데.

# 기억

지나간 기억에 머물러 있다 보면
나는 따뜻한 너의 눈과도
차가운 너의 눈과도 마주친다.

나를 가장 따뜻한 눈으로 바라본 건 너였지만,
나를 가장 차가운 눈으로 바라본 것도 너였다.

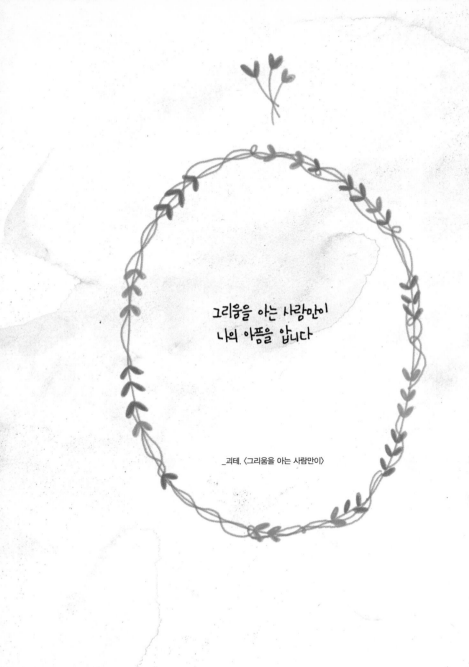

그리움을 아는 사람만이
나의 아픔을 압니다

_괴테, 〈그리움을 아는 사람만이〉

## 여행과 연애가
## 다른 한 가지

연애는 여행과 같다.
계획대로 흘러가다가도
늘 예기치 못한 무언가를 만나 허둥대고,
새로운 곳이라 여겼던 곳이
일주일, 한 달 만에 익숙해져
지루한 곳이 되어버리기도 하고,

그곳을 떠나 어딘가로 가고 나면 그제야
그곳이 얼마나 아름다웠는지를 떠올리며
조금은 아쉬워하고.

그리고 언제나 여행에 끝이 있듯이
연애에도 이별이 있다.

하지만 여행과 연애가 다른 한 가지는
여행은 끝나더라도 마음만 먹는다면
언제든 다시 그곳에 갈 수 있지만,

연애는 돌아갈 곳이 없다는 것.
돌아가도 아무도 기다려주지 않는다는 것.

## 지키지 못한 약속

너의 마지막 모습을 계속해서 곱씹는다.
그리고 네가 보았을 나의 마지막 모습을 생각한다.

생각해보면,
나는 바로 며칠 전 만났던 친구와
지하철 역 앞에서 헤어지며 갈게, 라고
인사한 것까진 기억을 하는데
뒤돌아서는 그 친구가
어떤 표정이었는지는 기억하지 못한다.
이상한 일이지만 그냥 그 장면은
오래된 흑백 영화의 한 컷처럼
흐릿한 한 장면으로만 남아 있다.
바로 며칠 전이었는데.

그건 아마도 곧 다시 만나,라는
무언의 약속 때문이 아닐까.
그 무언의 약속이
뒤돌아서는 우리들의 표정을
그저 길거리에 뿌려진 전단지처럼
별것 아닌 걸로 만든 건 아닐까.

몇 번의 계절이 지나갔지만
나는 다시는 볼 수 없는 너의 마지막 모습이
여전히 선명하다.

지키지 못한 약속들이
너의 마지막 모습을
선명하게 붙들고 있다.

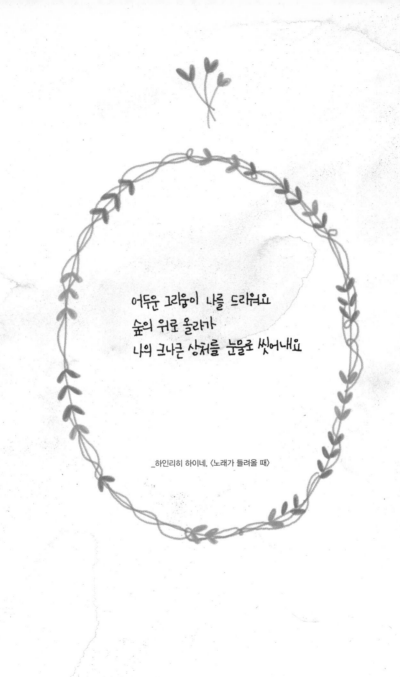

어두운 그리움이 나를 드리워요
숲의 위로 올라가
나의 크나큰 상처를 눈물로 씻어내요

_하인리히 하이네, 〈노래가 들려올 때〉

## 너와 헤어진 날

너와 헤어진 날,
집으로 가는 길
나는 창피한 줄도 모르고
엉엉 소리 내 울었다.

네가 나를 데려다주던 길,
내가 너를 만나러 가던 길.

그 수없이 걸었던 길들은 다시는 올 수 없는 길이 되었고
나는 이 길을 너와 걷는 일이 없을 것이라는 게 슬펐다.

너와 함께했던 모든 사소한 것들이
과거가 되어버린 게 서글펐다.

사랑이 소리 없이 다가온 것처럼
이별도 소리 없이 다가왔다.

나는 그 소리 없음이 슬퍼
소리 내어 울었다.

## 사랑 후, 이별 전

아무것도 끝내지 못했으면서
모든 걸 끝낸 것처럼 말하고
다 끝났음을 알고도
끝나지 않았다 믿고 지냈던 시간들.

그러니 우리 이제 그만 하자.
미안하다는 사과도
다 괜찮아질 거라는
서툰 위로도.

사랑은 알 듯 말 듯한 순간이
가장 아름답다고

_영화 〈그 시절 우리가 좋아했던 소녀〉

# 이미 알고 있었던 일

사실, 내가 내 마음을 보려고 하지 않을 뿐
무얼 원하는지 이미 난 알고 있었다.

# Part 4

# 다시, 우리

사 랑 하 기 에   가 장   좋 은   시 간 은 ,   지 금

# 다시, 봄

봄이 왔다.
두꺼운 코트는 깨끗하게 세탁해 넣어두고
겨우내 옷장 안에 웅크려 있던 가볍고 밝은 색의 옷들을 꺼낸다.
향긋한 섬유유연제를 잔뜩 넣고 세탁을 한번 해야겠다고 생각한다.
그리고 웅크려 있던 나도 깨끗하게 세탁해 탈탈 털어
따뜻한 봄 햇살에 바짝 말려야겠다고 생각했다.

나도 봄 향기 폴폴 풍기며
산뜻한 노랑색 봄옷을 입고 새로 시작해야지.

나를 완벽하게 채울 수 있는 건 내가 아니다.
그래서 우리는 그렇게 상처받으면서도
다시 사랑을 하는 거겠지.
이젠 지쳤어, 다신 사랑하지 않을 거야 하다가도
시간이 지나고 마음이 아물고 나면

다시금 힘을 내서
이번엔 정말 잘해야지, 하는 거겠지.

사랑한다는 것은
계절이 오고, 지나가고
또 다른 계절이 오는 것.

그래서 나는 사랑,
오늘을 지나
내일을 살아갈 나에게
다시 사랑을 선물한다.

봄이 오고 있다.

잊어버리세요、 꽃을 잊듯이
잊어버리세요、
한때 세차게 타오르던 불꽃을 잊듯이

_사라 티즈데일, 〈잊어버리세요〉

## 그림을 그리는 법

사랑을 한다는 것은 그림을 그리는 것과 같다.
스케치를 하다가 잘못 그렸을 땐
몇 번 지울 수 있고 고쳐나갈 수도 있지만,
색칠을 하다가 실수하면 고칠 수 있는 기회는 더 줄어든다.
어느새 종이가 뭉개져서 결국 더 이상 그려나갈 수 없게 된다.

그렇게 수정을 해도 해도 나아지지 않으면
그 그림은 그냥 버리고 다시 시작하는 게 낫다.

그려놓은 그림이 아쉬워 자꾸 들여다보고
다시 고칠 순 없을까 생각도 하겠지만
실은 알고 있다.
그럴 수 없다는 것을.

미련을 버리고
아쉬운 마음도 잘 정리하자.

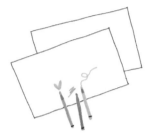

시간은 걸리겠지만,
언젠가 다시 그림을 그리고 싶어지는 날이 온다.
그 마음이 다시 들 때까지 천천히 기다리다가
어느 날 문득 새 도화지를 꺼내고 싶다는 마음이 드는 날.
다시 밑그림을 그려나가자.

물론 여전히 알 수는 없다.
잘 그려낼 수도 있고 또 망칠 수도 있다.
그래도 다시 그림을 그리고 싶다는 마음이 들게 하는
무언가가 왔다는 것,
그래서 두려워하지 않고 시작한다는 것,
그게 중요하지 않을까.

밤은 사랑을 위해 있으나
낮은 너무 빨리 돌아오는 법

_조지 고든 바이런, 〈이제는 더 이상 헤매지 말자〉

# 아이러니

내가 가장 솔직한 사람이 될 수 있는 것도 네 앞이고
내가 가장 거짓된 사람이 될 수 있는 것도 네 앞이야.

모두 다 사랑해줘.
솔직한 나도, 거짓된 나도.
그냥 그대로.

## 좋아한다는 말보다 더 좋은 말

오랜만에 만난 친구가 내게 사랑을 시작했으니
사랑에 대한 글이 더 잘 써지겠다 말했다.
나는 잠시 고민하다가
오히려 사랑을 하니 글이 잘 써지지 않는다고 말했다.

무슨 말을 어떻게 해야 할지도,
이 감정을 어떻게 표현해야 할지도 잘 모르겠다.
이를 테면 지금 너와 함께 있는 마음이,
귀여운 토끼나 강아지를 만났을 때 느끼는
몽글몽글한 감정과 같은 건지
살랑살랑 불어오는 바람에
마음이 간질간질해지는 그런 느낌인지.

그냥 좋아한다는 말로는
부족하고 표현하기 힘들어
몇 번이고 썼다 지웠다
그렸다 지웠다를 반복한다고.

드라마에서 사랑에 빠진 주인공이
좋아하는 사람에게 편지를 썼다 지웠다
종이를 구겨버렸다를 반복하다가
결국 창밖은 밝아오는데
편지는 한줄도 제대로 쓰지 못해
애꿎은 머리를 쥐어뜯으며 낙심하는 장면처럼.
내 마음이 그 마음일지도 모르겠다.

네게는 좋아한다는 말 보다
더 좋은 말을 주고 싶은데
그 말이 무언지를 잘 모르겠어서
썼다 지웠다
그렸다 지웠다.

사랑을 하니 글도 쓰고 싶고
그림도 그리고 싶지만,
글도 제대로 써지지 않고
그림도 그려지지 않는다.

사랑을 받는다는 것은
'당신은 죽지 않아도 된다'는 말

_가브리엘 마르셀

## 연애의 목적

1.
연애 초반에 여자친구를 집에 데려다주고 돌아가려는데
잠깐 기다리라고 하더니
집에 들어가서 작은 쇼핑백 하나를 가지고 나오더라구요.
기념일도 아닌데 갑자기 뭐지 하고 쇼핑백을 열어보니
참치캔 하나랑 스팸 하나가 들어 있었어요.
뭐라도 주고 싶은데 집에 있는 게 이거밖에 없다고 하면서
되게 멋쩍어 하는데
그냥 뭔가 엄청 고맙고 행복했어요.
사실 편의점만 가도 있는 거잖아요.
비싼 것도 아니고.
그런데 그때 왜 그렇게 마음이 따뜻했는지 모르겠어요.
그냥 지금까지 받은 선물들 중에 제일 좋았던 것 같아요.

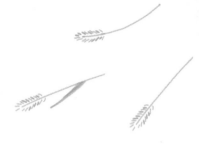

2.

저녁 먹고 둘이 산책을 하게 됐는데,
문득 길가에 강아지풀이 보이는 거야.
내가 강아지풀 귀엽지 않느냐고 했더니
몇 개 뽑아주더라.
그날부터 어디서든 강아지풀만 보면
그렇게 사진을 찍어 보내는 거야.
오빠가 더 강아지풀 같다고 했더니
안 어울리게 되게 쑥쓰러워 하는데
강아지풀보다 더 귀여웠어.

우리는 어떤 걸 바라고 사랑을 하는 걸까.
누군가 나를 챙겨주고 아껴주고 사랑해주는 마음인 걸까.
하지만 생각해보면 그건 바란다기보다는
주고 싶은 마음에 더 가까운 것 같다.

하나라도 더 주고 싶은 것.
그래서 네가 나를 보면 웃는 것.

우리는 그래서 사랑을 한다.

서로를 잘 알아야만 하나요

사랑하는 그대여,

단 한 번의 눈길로도 충분하지 않나요

_프랑수아 코페, 〈답장〉

## 나는 네가 그래

네가 내 손을 잡고 가는 곳
네가 나와 함께하는 것.

무엇이든 네가 하면 특별하다는 생각이 들어.
사소한 모든 것에 의미 부여를 하고 싶어져.

나는 네가 그래.

# 요령

뮈든 여러 번 반복하다 보면 요령이 는다.
일을 하다 보면 일 요령이 생겨서
능숙하게 해낼 수 있게 되고
한 번 가봤던 여행지를 또 가게 되면
제법 지하철도 잘 타고
지도를 보지 않아도
익숙하게 어디쯤 뭐가 있겠구나
이 골목을 돌아서면 그 길이 나오겠구나
짐작하게 된다.

하지만 사랑에서만큼은
요령피우고 싶지 않다.
익숙한 척 능숙한 척 그런 거 말고
밀고 당기고 하는 거 말고
처음 가보는 낯선 곳에 떨어진 그 느낌으로
헤매도 그게 싫지 않은 것처럼

늘 처음 시작하는 사랑의 감정 그대로
너를 대하고 싶다.

함께 있되 거리를 두라
그래서 하늘이 바람이
너희 사이에서 춤추게 하라

_칼릴 지브란, 〈함께 있되 거리를 두라〉

## 이기적인 마음

나는 그저
지금 내가 그리는 그림의 주인공이
너였으면 좋겠고
내가 쓰는 글의 주인공이
언제까지나 너였으면 좋겠다.

네가 언제까지나
내 곁에 있어주었으면 하는
이기적인 마음.

# 모빌

투둑투둑

창문을 두드리는 빗소리에 문득 눈을 떴다.
아직 동이 트기 전 깜깜한 새벽.
모든 게 고요한 시간에
창문을 두드리는 빗소리만 요란하다.

그런 날은 묘한 기분이 든다.
요란스러운 빗소리와는 대조적으로
집 안 모든 게 정체되어 있는 듯한 기분.
나를 제외한 모든 게 멈춰 있는 듯한 순간.

눈을 뜨면
천장에 달아놓은 작은 모빌이 보인다.
이불을 돌돌 말고
초점이 맞지 않는 흐릿한 눈으로

흔들리는 모빌을 바라보았다.

바람이 불지 않아도
눈에 보이는 모든 것이
변함없어 보이는 순간에도
눈에는 보이지 않는 공기의 흐름을 타고
살랑살랑 모빌이 흔들린다.

잔잔하게 흔들리는 모빌 같은 순간들이 있다.
파도가 치지 않는다고
바다가 가만히 있는 게 아닌 것처럼.
내가 고요히 느낀다고
모든 게 고요한 건 아닌 것처럼.

아무리 늙었다 해도
행복은 여전히 필요한 것이니까

_에밀 아자르, 〈자기 앞의 생〉

# 두렵더라도

나는 사랑을 시작하는 게 조심스러웠다.
몇 번의 사랑이 지나갔지만
심장이 딱딱해지길 바랄 정도로
이별은 늘 아팠고
그런 이별이 두려워
점점 사랑을 시작하는 게 두려워졌다.

하지만 두려움에 망설이는 시간보다는
지금 내 곁에 있는 사람을 사랑하는 데
더 많은 시간을 쓰기로 했다.

지금 이 순간을 지나치면
그 사랑은 다시 오지 않는다는 걸 알기에.

한 그루 나무가 숲의 시작일 수 있고
한 마리 새가 봄을 알릴 수 있다

_작자 미상, 〈당신에게 달린 일〉

## 사랑을 배우다

사람들의 외모나 성격만큼이나
사랑하는 방식은 다 다르다.
마음은 학습이 되지 않지만,
연애에서의 방법은 학습이 된다고 생각한다.

그렇게 생각하면,
누군가를 사랑하는 방식에 있어
첫 번째 사랑이 기준이 되고
지나간 사랑들이 지금의 나를 만든 건 아닐까.

모든 게 처음이던 시절,
서툴게 사랑하고 서툴게 싸우고
그렇게 배워가던 시간을 거쳐

상대를 이해하고 배려하고
다툼이 있을 때 해결하는 방법이나
감정을 조절하는 법,
좋아하는 사람에게
어떻게 해야 하는지에 대한 것.

그걸 사랑하는 사람을 통해 배우고
좋은 사랑은 사람을 단단하게 만든다.

지나간 사랑들이
지금 우리의 사랑의 방식을 만든다.

우리의 첫사랑은 어땠을까.
좋은 사람을 만나
좋은 사람이 되고 싶어지는 사랑을 했을까.
못생긴 원석에서 시작한 내 사랑은
거기 그대로 멈춰 있을까.
아니면 잘 다듬고 다듬어
동글동글 예쁜 보석에 가까워지고 있을까.

세상 어디에 있어도
슬픈 사람은 슬프고
외로운 사람은 외로워요

_영화 〈카모메 식당〉

## 미지근한 사랑

당장 곁에 없으면 죽을 것 같은 것만
사랑이라고 생각하던 때가 있었다.

하루라도 보지 않으면
마치 큰일이라도 나는 것처럼
보고 싶다는 말 한 마디에 먼 길을 달려가고,
그렇게 돌아서는 네 등이 아쉬워 밤새 통화를 하고,
졸린 눈을 비비며 시시콜콜한 농담을 주고받다가
전화기 너머의 목소리를 붙들고 잠이 드는.

그렇게 하지 않으면 안 될 것같이
사랑을 하던 때가 있었다.

좋아하는 마음을 온전히 다 보여야
알 수 있을 거라 믿었던 시절,
우리가 그토록 확인하고

확인받고 싶었던 건 무엇일까.

시간이 흘러가면서
점점 커다란 불꽃은 사라지고
작은 불씨 하나만이 남게 되었지만,
그 미지근함도 과연 사랑이라 부를 수 있을까
의심하기도 했지만.
사랑이 아닌 것은 아니더라.

뭐든 태워버릴 수 있을 만큼
큰 불꽃이 아니라
아주 작은 촛불 하나,
양 손을 대고 있으면
간신히 따스함이 느껴질 정도의
작은 불 같은 그것.

그렇게 손을 쬐고 있으면,
그 따스함이 천천히 손을 타고
이내 온 몸에 퍼져
오래도록 따뜻할 수 있는 그런 사랑.

너를 사랑해, 말고
밥은 먹었니가
어쩌면 더 오래 따뜻할 수도 있다는 것을,
그런 사랑도 있다는 것을 알게 되었다.

하루하루 세상에 짓눌려 얼굴 마주보지 못해도
나 항상 그대 마음 마주보고 있다오

_강아솔, 〈그대에게〉

# 우리

시간이 지나도
변하지 않는 사람이길
기대하는 것보다는
시간이 지남에 따라
서로가 같은 방향으로
변해갈 수 있는 사람이었으면 해.

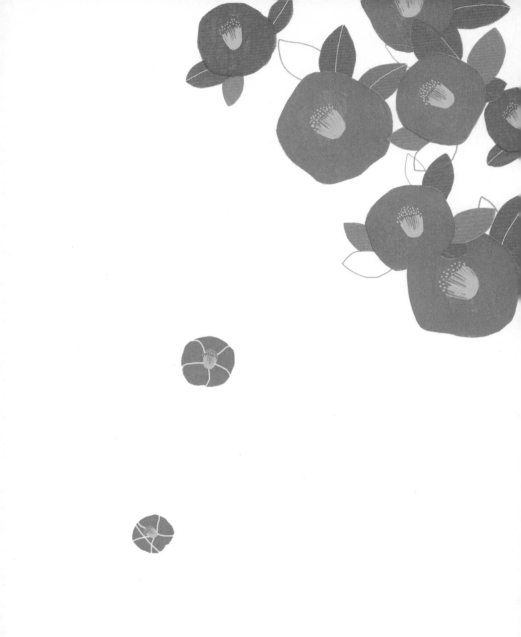

그래도 살아가는 거야
날아다 즐겁게

_영화 〈태풍이 지나가고〉

# 당연한 이야기

당연하다는 듯
늘 그렇게, 항상 내 곁에 있어줘.

## 나는 너의 마음을 여행 중

나는 지금 여행 중이다.
작은 스케치북 하나, 연필 하나를 손에 들고
맑은 햇볕 쬐이며 설렁설렁 산책을 하다가
어느 작은 공원 벤치에 앉는다.
스케치북을 펼치고 낙서를 하다가 생각을 하다가
사람들 구경을 했다가.

그러다가 문득 네 생각을 한다.
햇빛은 좋아도 바람이 제법 쌀쌀해졌는데
옷은 따뜻하게 입고 나갔는지 모르겠다.
환절기엔 알러지 때문에 늘 고생하는데
오늘도 코가 빨개진 채 재채기를 하고 있겠지.
점심 땐 뭘 먹었으려나.

생각은 꼬리에 꼬리를 물고
정신을 차려보니
스케치북엔 온통 너뿐이다.

나는 하루 종일
너의 마음을 여행 중이다.